Michaela Falkner
Kaltschweißattacken

Michaela Falkner

Kaltschweiß attacken

Requiem
für/for Euphorie
aufgeschlagene Knie

Residenz Verlag

Bibliografische Information der Deutschen Bibliothek
Die Deutsche Bibliothek verzeichnet diese Publikation in der Deutschen Nationalbibliografie; detaillierte bibliografische Daten sind im Internet über http://dnb.ddb.de abrufbar.

www.residenzverlag.at

Umschlaggestaltung: Joe Wannerer
Umschlagbild: unter Verwendung der Zeichnung »Verrat, an Wölfin, an Amsel« von Alvin Z. Sudia
Typografische Gestaltung, Satz: Ekke Wolf, www.typic.at
Lektorat: Günther Eisenhuber
Gesamtherstellung: CPI Moravia

ISBN 978-3-7017-1509-1

für Mounir/him

I.

Ein undefinierbares Knäuel liegt auf der Treppe ein Fuß ein Kopf ein abgewinkeltes Bein noch ein Kopf kurz vor halb sechs früher Morgen Fußtritte Flügelschläge etwa hundertachtzig Zentimeter tief ist das Loch ohne die notwendige Perfektion.
Die Platzwunden stammen von den Prügeleien.
Die Schnittwunden am Rücken sind von letzter Woche.
»Keine Ahnung!«
Über das Gesicht gehen Spuren hinterlassen.
Kopfunter im Wasser treiben.
Einmal noch.

Ivan schlägt mich und ich weine.
Wovon ich denn so träumen würde fragt er weiter.
Gewinnt mein Herz umstandslos »Bleiben muss man aushalten«.

Dass es Blut sei was da über meine Wange rinnt und ich mich setzen darf sagt er noch.

Oktober heftiger Schneefall schwarz ist der Himmel immer schneller immer schneller die Stimme sanft.
»Eine junge Frau schwarzes Haar sehr blass verschlossen.«
»Eine Einzelgängerin von irgendwoher.«
Dann kommt der Tag.
Die Fahrt von meinem Elternhaus zu ihm dauert etwa elfeinhalb Stunden viel Wasser trinken.
Es ist windig.
Der Kiesweg weithin erkennbar ein paar Meter den Weg hinauf liegen frische Blumen ein schmaler hoher Hofeingang an der Rückseite von Haus Nummer zehn.

Ich sehe geputzte Bänke und Laternen früher Nachmittag das Konzert längst vorbei.
Sind sie alle fortgegangen?
Fünf Minuten bis zum nächsten Bahnhof versichert er mir.
Ich werde dort hingehen wo Ivan wohnt wenn die Bäume verschwinden mit Schnee bedeckte Felder niemand kommt entgegen nichts steht auf den Schildern.
Zweimal kreuzen Schiffe meinen Weg.
Hier wird immer jemand leben die Sonne steht

hoch es gibt viele Blumen Grün kann ich nicht gut erkennen muss mich hinunterbücken um sie zu sehen.

»Weil sie einen Anfall von Schluckauf hat.«
»Sie atmet unregelmäßig.«
»Verletzungen an den Händen zeugen vom verzweifelten Versuch sich gegen Angreifer zu wehren.«
»Tagelang war der Hafen voller Kamerateams.«
»Einander wildfremde Menschen fassen sich bei den Händen.«
»Verzeihung!«

Wie das ist sich wieder sehen wollen wie man sich einstellt auf etwas das kommt mit vor Euphorie aufgeschlagenen Knien jeden Tag verfluchen der war verkünden über Mikrofon: Ich habe einen Traum!
Möchte etwas trinken.
Hoffe dass er mich lebend nicht gehen lassen wird.
Ich habe keine Erinnerung mehr daran was Ivan damals gesagt nur wie er dabei ausgesehen hat.
Seine Stimme klang gütig der letzte Ton verloschen.
In Gedanken male ich mir aus wie er mich wieder in die Arme schließt.
Falle ich doch einmal in den Schlaf höre ich mich nach ihm rufen.
Oder »Nein« sagen das Ende kommt Mädchenaugen liegen auf der Bank dort hinten und kann nicht mehr

aufstehen das Hemd besudelt kaum in der Lage einen zusammenhängenden Satz zu formulieren.
Liebe sollte schon in Gewalt münden und den Tod dann bringen am Tag bietet das Dach den besten Überblick sich in einer Spur der Erschlagenen wiederfinden.
Jenseits von Beherrschung gibt es keinerlei Einverständnis Zärtlichkeitsexzesse aufs Ärgste konstant geliebt werden wollen.
Dann ist es ja gut.
Sonnenlicht fällt auf meinen Körper ich weiche zurück.
Bitte sag es mir!
Nein niemals.

Ich möchte in mein Zimmer zurückkehren.
Bitte.
Nasenbluten mir beibringen.
Dreiuhrachtundfünfzig ein fürchterlicher Schlag oder zwei.
Ein »allerdings allerdings« in das Loch da drüben hineinsprechen entsetzt über den Noten sinnieren.
Verpflichten.
Abbinden.
Der beschlossene Gang der Dinge.
Auf ein Geräusch warten das Blut aus den Augen wischen die Nase gebrochen das Haar verklebt.
Ein kleines bisschen Zauber ein kleines bisschen am Fenster stehen.
Schlag auf Schlag.

Die Sehnsucht dass es doch bitte nicht so sondern anders sein möge.
Ich möchte nicht sprechen.
Ich möchte aber deine Stimme hören ein wenig nur im Raum.

Jeder Tag zerstört meinen Körper weiter das vielleicht ist mir das Liebste ein Geburtstagskuchen im November schöner sieht selten etwas aus an seinem linken Handgelenk trägt er ein Gummiband komm sagt er das wird wieder gut.
»Und wo wohnst du?«

Fahrgäste die singen.
Sehe jemanden einen Mann kurz umarmen der aber noch immer nicht erwacht weiteressen nichts merken eine lange Zeit würde man meinen.
Zulieferer.
Gegen Ende der Fahrt passiert auch nichts.
Selbst an einem Sonntag scheint hier nichts los zu sein hinter einer langen Fensterfront sieht man Menschen in einem niedrigen großen Raum an einem Tisch sitzen so als ob sie nicht wüssten wie das geht: Sich konzentrieren.
Schneeflocken.
Landkarten zeichnen.
Das ist das letzte Mal auf dieser Strecke dass jemand zusteigt.

Draußen ist es bereits dunkel aber vor allem habe ich vor überhaupt nichts Angst und erst dann geht sie auf die Tür.
Ich steige aus.
Niemand wartet am Bahnsteig.
Ich werfe mein Herz.
»Da hinten!«
»Dort muss es gewesen sein!«
Als ich dann am Zaun stehe ist es einfach nur ein Haus.

Bleiben dürfen losgetreten.
»Der Tod eines Menschen ist immer eine Tragödie.«
Es wird immer nur den Tag geben an dem ich hierher gekommen bin den Tränen nah und voller Furcht dies ist meine einzige Entgegnung auf die Frage ob ich nicht vielleicht doch stehen bleiben wolle.
Ivan formuliert erstmals Regeln.
Komm lass uns in Liebe sein!
Zwei Monate später habe ich nichts mehr essen können bis zur Unkenntlichkeit vernutzt ungetröstet bleiben nie einen Ersatz finden am offenen Herzen hantieren.
Ich klopfe das Garagentor öffnet sich »Willkommen willkommen!«
Dass es nie mehr so wie früher sein wird das ist das Wichtigste.
Hier bin ich!
Ausdruck freudiger Erwartung vielleicht auf einen

Menschen getroffen zu sein der mir eine Zumutung werden könnte.

Lass es ihn anfassen dann die ersten Tage der Schmerz bleibt immer.
Einige fragen allen Ernstes »Warum?« Fragen und von Menschen die ich nicht mehr vermisse.
Ich weiß nie ob jemand einen Marterpfahl mir aufstellt oder ich an eine Laterne gelehnt weiß nicht wie das in mich hineingekommen lege mich ohne einen Gedanken ins Bett.
Pflege schöne Wunden.
Pflichte bei.
Und dann wird es auf einen Schlag totenstill.
Ich kann ewig warten.
Den ganzen Tag.
Der Ellbogen rastet ein wenn ich den Arm ausstrecke.

Nur ein wenig noch kämpfen wissen und verhindern wenn es dann so weit ist.
»Dreh dich um und ich sag es dir!«
Mit den bewährten Angeln ein kleiner verhuschter Stopp mit nichts als meinen Augen mit denen mache ich es stehen herum lassen sich besteigen oder brechen auseinander würgen Vorstellungen hinunter.
Zu kalte Hände wir sprechen oft von diesem Rezept.
Für dich tu ich alles.

Erzähl mir was!
Und wenn schon morgen die Welt unterginge?
»Dreh dich um und ich sag es dir!«
»Da bricht sie zusammen in aller Stille nach Tagen ohne Schlaf und Nahrung.«

II.

Die Gurgel da sitzt er der Lebensnerv völlig offen und ganz leicht einzudrücken in dem winzigen Raum ein Ende finden die Lust am Kreuzweg.
Zusammenrücken.
Begehrlichkeiten die wachsen sich bereitmachen für Handreichungen von der Sehnsucht nach der einen perfekten Geste die Balken roh eine Nähe die verpflichtet nächtelang wach liegen bis man es wagt zu glauben am vierten Tag.

Ich brauche dich ohne dich bin ich nichts.
Ich kann mich bis zu siebzig Stunden wach halten.
Auf der Erde schlafen und aus Pfützen trinken.
»Es kann uns nichts passieren.«
Erst eine dann zwei dann drei dann vier.
»Nicht mein Herz tu das nicht!«
Und ich will Liebeslieder schreiben.
Ich kann dich sehen.

Dann will ich das Land verlassen.
»Mathilda weiß alles.«
»Da. Ein Schuss.«
Wirst du denn da sein?
Wird alles gut?

Ich bin bereit ich schlafe allenfalls drei Stunden.

Am Anfang hieß es dass ich ohne Arme und Beine nicht genug machen könne das stimmt nicht ich kann viel.
Um Mitternacht mitteilen: Ich habe keine Angst vor dem Tod.
Auf den Kiesweg zurückkehren eben hat es noch geregnet.
»Und da erkenne ich sie.«
Mit nassem Gesicht in der Hand führt er mich neuerlich zum Sofa Blutstropfen im Schnee Spur der Versehrten »Jeweils etwa zehn Tage insgesamt« fügt er noch hastig hinzu »Komm!«
Mit gelähmtem Gesicht aufwachen zu mir kommen Fotos dokumentieren die Attacke.
Ich rufe fortan: Du jetzt geht es los!
Getrieben anfangs so sagt er über Nacht aber ist noch nie etwas abgeklungen.

Verliere etwa einen Zahn pro Woche auch meine Unterlippe reißt wieder und wieder auf.
Augenzeugen hingegen berichten das Haus sei gegen Mitternacht erstmals geöffnet worden.
Sich innig umarmen kopfüber zum Bildrand hin die unbedingte Schönheit angstvoll geweiteter Augen.
Ich kann das seit meinem fünfzehnten Lebensjahr.
Ich war zehn oder elf.
Ich beherrsche Atemtechniken mit denen ich bis zu zehn Liter Sauerstoff in meine Lunge pressen kann und bin in der Lage den natürlichen Atemreiz zu überlisten.
Ein Schneesturm Mitte Oktober lässt uns staunen wir haben Angst wenn einer von uns das Zimmer verließe er käme nicht wieder.
Und obwohl ein Auge fast vollständig zugeschwollen kann ich gut hören.
Oder wenn er über mich redet wie über eine in die man jetzt hineinsehen kann.

Anderntags Narben verzieren.
»Die Haut schält sich auf deiner Brust.«
Verbrühen mir schwere Arbeit zuteilen Ernst machen die Knie eng aneinander nur aus dem Schritt kommen darf ich nicht sonst alles alles.
Ich senke demütig mein Haupt Haare und dunkle Klumpen in Rot und ich darf mir etwas wünschen:

Ich will nicht dass du gehst und: Versprecht dass ihr ihn wiederbringt!
Wegen dir bin ich da.
Nichts hat gefehlt.
»Stell dir einfach vor du wärst tot.«

Nachts lege ich mir schwere Steine in den Mund gewappnet für den Nächsten der dort ist keiner er heißt nur so geschwärzte Stellen es ist Zeit sich zu ergeben. Auf der Erde schlafen und aus Pfützen trinken dann muss der Chor lauthals singen dass die Kampfhandlungen abgebrochen werden und das Blutvergießen aufhöre.
Wenige Schritte nur entfernt.
Ich kann dich sehen.
»Es kann uns nichts passieren.«
»Dreh dich um und ich sag es dir!«
Ich werde an deiner Seite sein Landschaften interessieren nicht eine Bleibe suchen den richtigen Ton die Zusicherung.
Laufen wir weg!
Erzähl mir was!
Mehr mehr mehr!
Und wenn schon morgen die Welt unterginge?
»Dreh dich um und ich sag es dir.«

Ein leiser Ton nur als ich vergangene Woche hier aufgeschlagen.

Lasse ein paar Federn die wir in der Vitrine am Ende der Treppe aufbewahren darin auch Liebesbriefe an einen mächtigen Riesen.
Anders als im Märchen wirft er mir bisweilen einen Apfel zu von den Fäden geschnitten mit diesem anmutigen Knick in der Hüfte stehen gelassen.
Ein kalter Morgen Ende September.
Ich kann mich nicht erinnern auf doppelter Fläche beherbergt jedes Zimmer riesige Stapel mit Notizen vor kalkweißer Mauer.
Es gibt Räume wo wir uns treffen können.
Es gibt welche die mir verschlossen sind.
Im Keller gibt es Spinnen das wundere ihn gar nicht selbstverständlich gebe es Spinnen da unten.
Im Obergeschoss an einem Pfeiler ein Schild »Singen verboten!« steht da drauf.
»Nichts« steht auf dem Boden links stehen zwei Dutzend Fahrräder leicht übersieht man dabei jene Stelle an der sein Plan angebracht.
Im Treppenhaus hängt ein großer Blumentopf aus Plastik darunter steht ein Tisch.
Im ersten Stock befinden sich acht Schlafzimmer.
Ich laufe von Zimmer zu Zimmer in denen Bänke stehen und Stühle die tatsächliche Lage in Betracht ziehen.
Und das war immer schon so?
»Immer schon.«

Ivan verlässt heute für ein paar Stunden das Haus
»Mach die Augen zu!«
Aus dem Nichts zurückkommen plötzlich einfach dastehen.
Über mich herfallen.
Das Haus abschließen.
Seine Beine strecken sich unter dem Tisch das Anrührendste an ihm sind seine langen Beine auf Menschen gerichtet die Richtung Ausgang streben nur die Bäume überragen ihn gleich um dreihundert Meter.
»Ich danke dir« sind meine ersten Worte nach seiner Rückkehr gewesen.
An meinen Gesichtszügen hat er mich erkannt den oberen Rändern der Augenhöhlen bestimmte Bereiche der Kieferknochen und des Mundes wir machen Fotos.
»Bis man kein Gesicht mehr hat.«
»Ich betrachte dich während du schläfst.«
Er wolle keinesfalls dass eine ihm fremde Frau vor seiner Tür steht.
»Mehr mehr!« steht auf dem Boden.
Wenn du den Stein errätst bleibe ich!

III.

Am Tag danach befindet sich das Herz an ungewohnter Stelle.
»Soeben hat sie sich für die Hochzeitszeremonie herausgeputzt.«
Die Sonne steht schon hoch an diesem warmen Vormittag zwei Kreidekreise male ich an die Wand hier.
Ganz vorsichtig hat er meinen Arm gehalten.
Wo warst du?
Ist es vorbei oder beginnt es?
»Zeit nach Hause zu gehen.«
»Komm mit den Garten anschauen.«
Ivan schenkt mir einen Quadratmeter seines Gartens hat ein großes Loch gegraben darin Schlamm es gehört jetzt mir ganz allein ist mein Zuhause.
Ich kann dann vier Tage nicht schlafen bin glücklich sehr glücklich.
All das Sehnen ein Ende unter besonderem Schutz stehen am Sonntag spreche ich das erste Mal seinen vollen Namen aus.

Ivan.
Ivan lass mich heil mitunter.
»Das ist Absicht.«
Wir sterben für einander.

Weiße Haut muss in der Sonne verbrennen wie unsereins allerorten angedroht Bläschen bilden die platzen und wund liegen drei Wochen lang.
Dann vor einem Laden halten ein Regal umwerfen.
Ich erzähle ihm danach schweigen wir lange.
Überall die Regale umwerfen.
Ivan ist fast zwei Meter groß!

Die meisten Böden sind hautfarben und etwas eingestaubt.
»Du hast schöne Augen« sagt sie ernst.
»Für ein paar Jahre« wird dann sehr viel später einfach nur behauptet er werde sich darum kümmern verspricht er er hat sich ein paar Tage freigenommen.
Fliehen.
Zu Tode hetzen.
Verträumt mitsummen.
Niemand weiß was nach einem Wochenbeginn passiert.
Wir versuchen nicht zu schlafen.
»Als man ihr erklärt es sei Zeit sich zu ergeben weint sie erst recht.«
»Tick-tack-tick-tack« steht auf dem Einband.

Am selben Tag noch um sich greifen eine Lage die nur unter Vertrauten denkbar.
Wie leise er spricht und wie er lächelt.

Am Anfang haben sie gedacht ich sei stumm.
Eines Tages sehen sie wie die Tür sich öffnet und meine Hand nach einer großen Scheibe greift die ganze Welt an seiner Seite haben.
Ich weiß nicht was sie wollen.
Ich kann nicht fassen warum sie so fett.
Auf grundsätzlich verlorenem Posten in diesem Ort gibt es keine Wunder ungeheuer aber sind die Berge die selbst zu Mittag nicht zur Gänze ans Licht kommen.
Menschen die nicht überschwänglich dennoch sich auf Zettel notieren dass sie Zähne Putzen nicht vergessen dürfen.
Kinder haben.
Kinder lieben.
Kinder die durch die Gegend laufen.
Ivan und ich werden nie Kinder haben niemals wir lieben uns.
Wenige Schritte entfernt von hier mich vor Bildern retten die ich gar nicht sehen möchte.
Dann stehe ich aber wieder auf lasse mich umarmen nässe vor mich hin es heißt mein Zustand sei labil.
»Du sollst nicht töten.«
Das hat mir nichts ausgemacht ihr dürft euch nichts von mir wünschen kommen und gehen gesehen ha-

ben sie in ihre Häuser zurückjagen ich habe aufgehört zu zählen ich habe sie weinen sehen am elften April gibt es immer ein kleines Fest der ganze Ort ist auf den Beinen gegen jede Gewohnheit.
»Man sieht immer nur ihren Rücken.«
Dann sagt er es besteht kein Anlass zur Sorge und ich winke zurück.
»Sie ist für die Feierlichkeiten gekleidet.«
»Sie hockt da sagt nichts.«
»Postiert sich am Ufer.«
»Ich kann Ihnen den genauen Zeitpunkt nicht sagen.«
»Sie darf nicht mitspielen das brächte Unglück.«
»Ich weiß nichts.«
Sie flüstern ununterbrochen.
Ihnen den Kopf gegen die Brust rammen.
Die menschliche Stimme ich mag sie nicht ihr fehlt der Wille zum Letzten es wird wohl nichts passieren wenn Menschen gehen bleiben leere Häuser zurück.
Es gab auch niemanden den ich hätte fragen können.

IV.

Zwei oder drei Dinge die ich über Ivan weiß die ich niemals vergesse Liebe die einzige Wunde die es zu schlagen gilt nur eines weiß ich dass er mich sehr liebt.
»Aber die Risse an ihren Unterschenkeln sind doch echt?«
Exakt vorgeschrieben wie ich mich zu bewegen habe.
»Sie kam viel zu früh.«
Lebhafter Durst heftige Schreiäußerungen ein Mädchen voll Jubel Inszenierungshoheit.
Jetzt ist es wahr geworden!
»Setz dich nicht so hin.«
Und wann schneit es wieder?
Es handelt von uns.
Die Knie eng aneinander.
Nur aus dem Schritt kommen darf ich nicht sonst alles alles.

Die Neuschneedecke wird aufgestockt wir haben überhaupt noch keinen rechten Sommer gehabt.
Den Unterschied gut herausarbeiten dann zertreten und vergessen um nach kurzer Pause nachmittags fortzusetzen Schnittpunkt seit vier Stunden mit Höllentempo in deine Richtung steuern da prankst du in mich ich meine das grundsätzlich so arg war es noch nie die Hand in den Rachen rammen ein abgrundtiefer Bass »Niemals darfst du dir deine schönen langen schwarzen Haare schneiden«.
Und ich darf mir etwas wünschen.
»Nein hier du siehst doch!«

Etwas tiefer der Stoß und der Brustbeinansatz bricht ab direkt ins Herz und der Brustbeinansatz bricht ab direkt ins Herz.

Es genügt einen Blick auf ihn zu werfen.
Liebe Mutter es geht mir gut.
Ich habe einen Kameraden.
Aber sag: Brennt in der Hölle wirklich ein Feuer?
Versetzt es auch mich in Staunen?
»Außer mir war keiner da« sagen?
Umstandslos in jemandes Herz gelangen?
Glauben dass es damit sein Bewenden habe?
Was wäre deine Sternstunde?

Den Boden aufwischen die Ecken so belassen.
Auch meine Stimme können wir belassen.
Schauen uns an die ganze Nacht.
»Blut ist im Schuh!«
Ab heute habe ich mehr als hundert Träume.

Ivan.
Wegen ihm bin ich da.
Nichts hat gefehlt.

V.

Laufen wir weg!
Nimm mich mit!

Mit Franziska schwanger von einem Fuß auf den anderen danach nächtelang wach liegen es dauert vier Tage um jemanden zu brechen die Federn rauben um eine Schale Milch bitten zwei Jahre vergehen der erste Schnee gefallen.
Wenn ich heute nicht zerbreche und morgen auch nicht.
Schreihals.
Übereinander herfallen.
Einander verhöhnen.
Angriffstag: Ein Dienstag.
Angriffszeit: Fünfuhrsiebenundzwanzig.
Ich spüre die Geschwüre nicht kann sie nur riechen wenn sie den Verband wechseln als die Füße wieder den Boden berühren ist kein Laut zu hören.
Hast du keine Angst?

»Ja ich habe Angst.«
Wann bist du geboren?
Wann?
Weißt du das?
Dass es Blut sei was da über meine Wange rinnt und ich mich setzen darf sagst du fügst noch hastig hinzu
»Komm!«
Anders?
Wie anders?
»Setz dich nicht so hin!«
Dann falle ich um ich falle einfach um.

Aus dem Stuhl gleiten übereinander herfallen die Szene entzerren vielleicht leben wäre schön sterben auch auswringen.
Man folgt dem der liebt.
Lautlos.

Ivan und ich frühstücken Wurst und Brot mein Körper quillt auf die Arme die Schenkel werden fett mich immer weniger bewegen können ich solle essen essen das Kind würde in meinem Bauch sonst verhungern Ivans Stimme ist tief und dumpf wenn er das sagt die Schreie erschüttern die Stadt.
Ein Bauch in dem keine Liebe je sein wird bedecke meinen Körper mache Fotos.
Tag und Nacht.
Vater Mutter Kind.

Beginne die Lage zu verstehen.

Schwanger sein ist weder schön noch natürlich es ist bizarr und es ist abstoßend mit diesem Bauch herumzulaufen wie er sich mehr und mehr aufbläht meine Kleider mir nicht mehr passen.
Nimmt sich meinen Körper.
Am unansehnlichsten werden die Oberarme quellende Wülste es riecht nach Kind ich kann mich nicht mehr bewegen.
Keinerlei Entwarnung nicht einmal die Uhrzeit stimmt ich hoffe auf die Dunkelheit den Korridor verlegen die Fahne soll vor Angriffen schützen warum bringen sie nicht mehr Menschen um so schnell wird das hier nicht wieder aufhören.
»Alles ist in Ordnung« versichert sie.
Und: »Mit Freude zur Kenntnis genommen.«
Das ist in ein paar Stunden zu schaffen.
Und es ist fürchterlich.
Mich auf den Rücken fallen lassen zum Fernseher schielen der ohne Ton läuft den Kopf schütteln oder mit der Hand winken beim Anblick so der Blick überhaupt auf mich fiele.

Das Nachtmahl und denken: Da waren sie gerade noch!
Es gibt keinen Ort an dem mich dieses Kind nicht sehen wird.

Ivan hört mich kommen ruft mich zu sich.
»Das ist alles was ich weiß.«
Und ich möchte mich so verhalten wie er es sich wünscht.
So tun als hörte ich nichts.
So tun als hätte ich keinerlei Schmerzen.
»Oh sie hat gewiss eine sehr schöne Kindheit gehabt.«
Nach Herztönen suchen.
Sich verraten dann.

Kann es nicht leiden wenn das Kind sich in mir bewegt oft in der Nacht fahre ich hoch.
Es ist so unerhört.
Mag nicht dass da jetzt jemand drinnen ist Ivan erwidert nur sie habe es bestimmt nicht so gemeint ich wurde nie gefragt dass ich mich dauernd übergebe ist die einzige Freude in diesen Monaten ich ergebe mich täglich fünf oder sechs Mal.
Das ist wunderschön!
Erheblicher Gewichtsverlust.

Ivan will jetzt dass ich esse.
Ich nehme kaum zu.
Irgendwann wird das Kind einfach weg sein.
Irgendwann wird das Kind einfach weg sein.
Zwei drei Monate in Schweigen verfallen der Arzt meint überall Eiter der sich mit Blut mischt.

Ich kann es nicht.
»Man dürfe aber nicht gleich denken es sei tot.«
Aber seit Sonntag ist es ruhig.
Die Gefahr nicht vorüber ich weiß nicht was in den letzten beiden Wochen passiert euch im Auge behalten jedes Gespräch mithören.
Behalten wollen.
Soll er meinetwegen dieses Kind haben ich vergebe ihm nein die Mutter liebt das Kind nicht die Mutter liebt auch die Blumen nicht.
»Wenn ja dann komm raus!« ruft er mir zu.
Und: »Sag es laut!«

Ich kann mich nicht mehr bewegen bleibe liegen vier Monate.
»Lassen Sie mich sterben« flehe ich die Schwester an.
Noch in dieser Woche!

Vater Mutter Kind.
Bedecke meinen Körper.
Mache Fotos male Gesichter hinein.
Tag und Nacht.

VI.

»Teilnahmslos lässt sie die Glückwünsche über sich ergehen.«
Ich mochte dieses Kind von Anfang an nicht.
Ich fühle überhaupt nichts seit es da ist.
Ich will es keinesfalls sehen.
»Sie vergisst den Namen ihres Kindes immer wieder.«
Wie heißt du mein Kind?
Ein spärlicher Strahl Urin es scheint zu leben.
Mitten in der Nacht zum dreiundzwanzigsten Jänner es war ein Montag »Ich beglückwünsche Sie im Namen aller«.
Die Tür nur einen Spaltbreit offen »Aber heute ist ein guter Tag«.
Ein Mädchen wird es sein.
Wie heißt du mein Kind?

Ich mag nicht dass es mich schon anblicken kann Kinder ertränken dieses renitente Ding ersäuft nicht und nicht ich wollte sie nicht erschrecken.

Diese Verstocktheit.
Macht Nacht für Nacht ins Bett.
Vollkommen veranlagt sich nur keinem sakralen Anfall hingeben bitte sprechen Sie Ihre Gebete leiser.
Wer isst.
Wer verjagt.
Wer erklärt.
Meine Mutter ist tot und es lag nahe.
Wehrte sich nur kurz »Jetzt komm aus diesem Zimmer«.
Kindstötung eine Familienangelegenheit sage keiner ich würde mich nicht aufrichtig bemühen will sie nur nicht anfassen müssen und kurz darauf mit blutender Nase zurückkommen.
Das Kind greift mich an.
Rhythmisches Brüllen.
Flüstert: »Hör auf.«
»Wir werden siegen.«

Dass sie immerzu schreit und schreit und schreit.
Ihre Augen so weit offen sind.
Sie sieht zum Fürchten aus im wahren Leben weniger auf Fotos.
Ein Gesicht das ich nicht verstehe.
Sag es laut!

So vermeide ich es ihre Hände zu berühren.
Und die Umzäunung soll verhindern dass sie mir näher kommt als nötig.
Sie ist jetzt ein Hase.
Kriecht.
Hübsch.
Werfe Brotreste.
Ich mag ihre Augen nicht das sind nicht meine Augen.
Ich hätte lieber einen Hund.
Ich verhalte mich schweigsam antworte nur einsilbig möchte nicht dass sie sprechen lernt.
Sie ist niemandes Angelegenheit.
Auch in einem Jahr will ich sie noch immer loswerden wollen.
Sterben an einem schönen Herbsttag dann.
»Sie hat das Kind über Wochen nicht im Arm gehalten.«

Auf Fotos kommt ihr Gesicht gar nicht vor.
Sie weint nie vor siebzehn Uhr.
Das Kind sieht entsetzlich hässlich aus.
Es lernt spät sprechen.
Als Ivan mir dahinterkommt badet er sie jeden Tag die Luft hier hat ihr so zugesetzt!
»Nach Einbruch der Dunkelheit gehen wir nicht mehr aus dem Haus« verdrehte er nervös seine Augen dass

er rot anlief und ich Sorge hatte er würde vor mir zu schreien beginnen.
Du darfst das Wort nicht sagen!
Sie waschen es dann mit Wasser und Seife ab und auch der Strom ist wieder da.
In ein paar Jahren wird sie stark genug sein zurückzuschlagen.
Es ist Mittagszeit.
Mir scheint dies wäre der richtige Zeitpunkt.
Vergiss eines nie mein Kind: Ich bin es die dich nicht bei sich haben will!

VII.

Über Nacht ist es anders geworden falsche Verbündete und wer wollte je bestreiten dass dies ein leichtes Spiel?
Oder Zeitverschwendung.
Nichts.
Zu kurz greifen.
Immerzu falsch gestellte Fragen.
Von Demut geballt eingeschmolzen.
Sich ergeben.
In grellem Stil hungern.

Lieber!
Mach mich glücklich!
Es gehört alles dir!
Du hast es versaut!
Alles stimmte!

Ich verachte Ivan zutiefst und übergangslos.
Ich kann uns so nicht ertragen.
Aber Ivan was ist mit dir?
Schau mich an ein paar Worte nur ihm abringen wollen.
Vergiss das Kind!
Nur diesen einen Tag vergiss das Kind!
Bitte!

Nenne es wie du willst aber schlag endlich los es reicht mir nicht mit mäßiger Geschwindigkeit hinterherzutorkeln.
Um die nackten Beine von einem Wesen nach dem ich lechze harte Strafen für alles ich wollte den Brief noch einmal lesen aus schwerer Benommenheit mich erhebend es ist Nachmittag flüstert deine Stimme »Land statt Frieden«.
Der großen Liebe wegen.
Kein Zögern!
Die von deiner schlagenden Hand geweckte Sensation.
Komm mit mir!
Dann falle ich um ich falle einfach um.
»Ich bin hier wenn du wiederkommst.«

Oder Liebesverhältnisse beginnen an der Straße stehen vor ein Auto rennen man drückt mir einen Zettel in die Hand zielen auf offen stehende Haustore.
Das wars.
Alles scheint verloren.
Ich sollte mir eine Bleibe suchen.
Mit großen riesigen Männern vielleicht erdrückt einer mich irgendwann einmal erfüllt mir sehnlichste Wünsche und gesteht bei seiner ersten Vernehmung.
Oder geradewegs an einen Nachbarn geraten.
Ich bin unfähig Ivan diesen Tag schöner zu machen.

Erinnere mich nur noch schwach an meine Gedanken von vor Tagen vom Versuch in der Liebe mein Glück zu finden keine dieser Narben ist erhalten.
Als ich damals in den Flieger gestiegen bin es hat mir das Herz zerfetzt von ihm ist dieses Brandmal auf meinem Rücken sanft und mit großer Sorgfalt gestaltet.
Warum bist du nicht da?
Ich habe immer ein Bild von dir dabei.
Falle erneut ins Koma bleibt vergebens es ist kurz vor elf und die Sonne scheint.
»Sie lieh sich Geld hat versprochen vor elf zurück zu sein.«
»Bleibt unauffindbar.«

»Das ist nicht das Herz dieses Getöse ist nicht das Herz.«
»Dann ging sie fort.«

Es dauert eine ganze Woche ich hatte darüber die Zeit vergessen.
»Erscheine ich Ihnen schüchtern« sagt einer verrät seinen Namen nicht und spricht mir dabei ins rechte Ohr.
Das weiß ich doch!
Das muss man genauer hören!
Dann falle ich um ich falle einfach um oder fange noch während Ivan zugange zu packen an das wars nach drei Tagen komme ich ohnehin erneut angekrochen.
»Warum so traurig?«
Zwei junge Männer mit schwerem Gepäck ich versuche alles auszuhalten.
»Um Mitternacht werde ich siebzehn.«
»Von der See aus feuern sie auf den alten Leuchtturm.«
Fragmente der Anmut ich finde die zwei nicht im mindesten begabt.
Niemals fiele es ihnen ein wirklich Ernst zu machen Amateure.
Nervös und stumm verteilen sie sich über das Zimmer.
Um mehr geht es nicht.
Die Inszenierung ist primitiv »Ich weiß noch genau

wie ich darauf gekommen bin« erzählt der eine später.
Hätte ich tatsächlich einen Wunsch frei ich würde gerne am Rand der Welt liegen.
»Sie weiß sich in die Herzen der Menschen zu singen.«
»Ich wohne auf Nummer zwölf.«

VIII.

Du fehlst mir überall.
Überall.
Ich bitte um Einlass.
»Sie muss ausgehungert sein.«
Was du mir gegeben lebt unauslöschlich in mir wo hast du letzte Nacht geschlafen?
»Und wie sie auf dem ganzen Weg hierher kein Wort mit mir gesprochen hat und hinterher gesagt hat sie wolle mich nie mehr wieder sehen.«
Winseln mitunter.
Verträumt mitsummen an nichts denken.
Um sich greifen.
Übermäßig.
»Sie war schön unglaublich wie schön sie war und sie weint wenn sie in der Zeitung eine Todesanzeige liest.«
»Und sie mag sich nicht an den Zaun drängen weint auch wenn ich mit jemand anderem spreche.«
»Mit blutunterlaufenen Augen.«
»Ich will nicht dass du gehst!«

Noch ein halbes Jahr zuvor hat es geheißen: Gesicht oder Handrücken.
Eindämmen.
Loslegen.
Und erneut Beifall ohne dass das Wort auch nur ein einziges Mal gefallen die meisten hören erst hinterher dass ich zurückgekommen.
Die Hymne singt Ivan nicht mehr mit.
Das Andenken an große Füße bewahren.
Das Lob der Schönheit des schiefen Wuchses singen.
Verlange rhythmisches Brüllen.
Ich höre es und will es glauben.
Komm gehen wir!

Die Hände dürr und knöchern um einen Stock habe etwas in meinem Schoß vergessen liegen gelassen und ich mache jetzt lange Pausen zwischen den Sätzen.
Nur sonntags für den Besuch lässt du mich wachen.
Kaum Nahrung Menschenhäute spannen Paradies setzt ein.
Anderntags ein wenig fiebrig ein Gefühl der Enge entsteht Müdigkeit und Schmerzen in der Brust die Haut nimmt eine kräftige bläulich purpurne Farbe an der Hals schwillt und ich schwitze unentwegt.
Etwa einen Tag.
Unter der Haut rote Flecken die Gefäße reißen aus welchem Grund auch immer betrachtet man dies als abgrundtief böse.

»Sie wird künftig unangemeldet vorgelassen!«
Du singst so schön in mein Ohr mein Herr.

Ich habe dich vermisst!

Ich hatte eine schöne Kindheit und nur die großen Geschichten interessieren mich noch.
Die Farbe der Haut die Suche nach dem unverwundbaren Körper alles zur Disposition stellen Verteilungskampf nachhaltig mir beständig auf den Leib rücken.
Wo Ivan war wird nichts mehr.
In der Pause zwischen zwei Huldigungen.
Insgesamt zwei Meter Narben das Blut spritzt auf den Gang nie zuvor gesehen komplizierte Schnitte ins Fleisch setzen erbete ich schinden schänden schlachten.
Einfach nichts essen das Ende der Anspannung bedeutet akute Todesgefahr.
Ich gleite aus dem Stuhl bist über mich hergefallen die Szene entzerren vielleicht leben wäre schön sterben auch zerschossen sein richtig kaputtgeschlagen.
»Ihr Herz hatte aufgehört zu schlagen.«
Nimm viel Zitrone!
Nimm ordentlich Zucker!

Alles so schön heute in den Spiegel schauen mich freuen Augen zu.
Deine Gegenwart ist.
Ivan wenigstens irgendetwas nachtragen dürfen wo keiner mir so unwillkürlich die richtigen Gesten zukommen lässt wo ein Kissen mit einem Spruch bestickt: »Willkommen zurück.«
Und als der Tag zu Ende ihm eine umwerfend schöne Hymne singen.
Der Körper wird leichter im Wasser der Schlamm ist warm am besten ist es wenn ich es bis zu fünf Stunden aushalte.
Hinter dem Haus gräbt Ivan mir mein Zuhause tiefer ist jetzt um einiges tiefer der Schlamm auch viel wärmer.
Wir fällen hierfür gemeinsam einen Baum.
Spektakulär die Versöhnung die er zeigt!
Nur das Wenige was ich in diesem Moment im Stande bin zu sagen bricht aus mir heraus.
Erneut an der Seite von Ivan.
»Wie ein kleines Mädchen den Kopf an mich gelehnt.«
Ich wäre fast gestorben so sehr habe ich mich nach dir gesehnt!

Nie ängstigt mich Ivans Tun habe unbedingtes Vertrauen in ihn fühle mich geborgen beschützt.

Ich würde alles für ihn tun nur um alles für ihn tun zu dürfen um ihn herum sein jeden Scheiß nachtragen von vorn bis hinten bedienen ihm bis aufs Klo nachkriechen seinen Schwanz sauber lecken dürfen.
Mich umkonstruieren Schönheit einer versehrenden Seite neben Ivan liegen neben Ivan dahinvegetieren dürfen kreatürlich sein.
Den Morgen mit einem eben erfundenen spektakulär schönen Spiel eröffnen.
Krude Handlungsanweisungen Schläge ins Gesicht äußerliches Mal brennen körperliche Verformungen was legt sich da ums Herz der Entzug jeglicher Freiheit die Zeit der Verausgabung Unterwerfung einander abverlangen zu essen gibt es nichts.

Nach vorne staksen es lebe die Lebensgefahr für die Heiligsprechung sorgen dann das versiffte Leintuch das versehrte Antlitz.
Ivan wurde ruhiger und unerbittlicher zugleich.
Ist das eine Umarmung?
»Stell dir einfach vor du wärst tot.«
Ich trete zum Nachtgebet an.
Schaue ihn noch einmal genauer an aber ich komme nicht dahinter.
Augenbinden mit der Inschrift »Glaub an mich!« und »Lass alle Hoffnung fahren!« rufen und ich folge.
Und »Die Haut schält sich auf deiner Brust!«
Ohne Türen und mit einem Fenster in der Rückwand nur.

Es gibt Spinnen große Spinnen.
Woher ich das weiß?
»Dann Süße musst du tapfer sein.«

Franziska ist bei den Nachbarn sie ist gar nicht tot. Und dabei denke ich für einen Moment Ivan wäre zurückgekommen zu mir.

IX.

Es glänzt der rote Bauch.
Meine Hände aufgequollen.
Nein ich bin nicht schwanger.
Ich bitte dich Ivan geh mit mir Franziska ist mittlerweile alt genug.

Ob der Glaube an die ewige Liebe hilft?
Der Glaube an wirklich schöne Namen?
An Liebeslieder?
Hauteng.
Etwas tiefer der Stoß und der Brustbeinansatz bricht ab direkt ins Herz.
Und der Brustbeinansatz bricht ab direkt ins Herz.
Nicht über diese Schwelle.
Nur bis hierher.
Du sollst nicht töten.
Vier Stunden mit dem Bauch gegen die Wand hetzen.

Eine Narbe am Bauch an der Schläfe das ist alles. Nach außen grenzen sie sich durch eine kleine Delle ab.
»Ich würde sie gerne röntgen lassen.«
Ich dachte wirklich er hätte nur mit mir sein wollen eine Hand voll vier Zentimeter lang in die Höhe halten und beteuern.
Von innen gegen den Schädel rennen am offenen Herzen dann muss der Chor lauthals singen dass die Kampfhandlungen abgebrochen werden und das Blutvergießen aufhöre.
Ein Schreiben über den Tisch gereicht und die unerschütterliche Erwartung Erschöpfter das Ziel ist über den nächsten Tag zu kommen.
Zwanzig Jahre später und alles in Farbe.
In meinen Kopf lassen.
Neue Regeln einfach so.
Ich begreife nur schwer.
Nein ich bin nicht schwanger!

Diesmal wird es mir gelingen das Kind in meinem Körper zu töten es nicht leben lassen es aushungern nur nicht leben lassen.
Das Erbrechen nimmt ein Ausmaß an der Arzt spricht von massiven Stoffwechselstörungen ich kriege den Kopf kaum aus dem Eimer alles was ich sagen möchte ist: Danke.

Einfach nur Danke.
Magensaft.
Ivan zwingt mich zu essen das Essen zu behalten gibt aber keinerlei Versprechungen die mich locken ich hasse ihn zutiefst von Kindern war niemals die Rede man bringt mich ins Krankenhaus Infusionen.
»Kontrollierte Zufuhr von Flüssigkeit und Zucker.«
Dass eine Geschichte einen Anfang nimmt oder ein Ende findet du musst es mir sagen.
Du musst es mir sagen.

Ich habe dich so vermisst!
Meine Gebeine wird nie jemand finden.
Jemanden anfallen in jemandes Unterlippe beißen.
Ich möchte dass du mich küsst.

»Minutenlang rennt er der Schreienden hinterher.«
»Beginnt sich im Haus zu verschanzen.«
Schwacher bläulicher Lichtschein dringt nach draußen.
Einzig den Raum um das Bett spare ich aus.
»Franziska hat sie dann oft Tage nicht zu sich gelassen.«
Das Mädchen spricht so viel.
»Jeden Morgen zwischen vier und halb fünf geht sie ins Badezimmer.«
Schweißüberströmt.
In den Spiegel schauen.

Plötzlich alles zu Ende.
»Aber am nächsten Morgen packt uns die Sorge immer wieder.«
Das Badewasser ist grüngelb und es riecht schwach nach Kind.
»Angekleidet liegt sie auf dem Bett.«
»Angekleidet legt sie sich in die Badewanne.«
»Ich hab sie über Monate nicht nackt sehen dürfen.«
»Ein Jahr war vergangen und sie hatte ein Kind bekommen.«
Es dauert fünf Tage und sechs Nächte so dass am Ende der Kiefer gebrochen nie wieder wird hier jemand Geburtstag haben.
Tief in die Schulter mir eingraben und träumt und träumt.

»Weil sie sich jedes Mal wenn die Wehen einsetzten stark betrunken habe.«
»Sie lief von Zimmer zu Zimmer.«
»Ich musste das unterbinden.«
»Sie sind hier sicher.«
Der Arzt zeigt auf zwei kleine blutverschmierte Körper.
Ob es gleich wieder aufhört?
Lass mich gehen!
Lasst mich los!

X.

»An einem Junimorgen vor zwei Jahren klebten an Hauswänden Turnbeutel.«
»Nach der Geburt in Stoffstücke gewickelt unversorgt liegen gelassen.«
»Sie lag dann noch lange mit dem Baby im Bett die Nabelschnur ließ sie erst einmal dran.«
Sie sagt »Ich kann nicht mehr«.

Viel gibt es nicht zu sehen.
Anfang Mai.
Nebel.
Sortiere langsam die Papierstapel auf dem Tisch.
Ich weiß es nicht.
Das Entsetzen drängt sich nicht auf.
Die Windgeschwindigkeit kann hier ganz enorm sein der Flügelschlag gewiss.
Ich habe die Kinder aufgegessen.
Das geht schnell.

Vielleicht schlafen sie noch.
Wie anders?

Ich weiß dass Teile von mir aufhören zu existieren immer wenn ich ein Kind gebäre aussterben oder sonst wie den verdienten Tod finden ich bin immer aufs Dach gegangen dann hat mich der Mut verlassen.
Das fast vier Meter hohe Bett allein hätte ausgereicht mich zu erschlagen.
Mitten in der Nacht zum achtzehnten April neunzehnsiebzig.
Als ich wieder aufwache sind ihre Körper noch immer blau kauern mit ihrem Vater am Fußende des Bettes bei der Geburt hat sich eines den Arm gebrochen Ivan komm wir müssen weg hier!
Verräter!
Jetzt steht es vier zu eins.
Ich habe mich halb zu Tode gefürchtet sie wieder zu sehen.
Die Hände hohl machen alles geht so entsetzlich langsam.
Ich weine über meinen Auftrag.
Kaltschweißattacken und Brustdrücken dieser dünn gewordene schon wunde Schädel zwei drei Jahre in Schweigen verfallen in einem großen Raum ganz ohne Fenster.
Ich habe keine Fragen.
Anschreien verwirrt mich.

Mein Körper ist viel zu groß nach der Geburt jetzt ohne die Kinder selbst meine Augen quellen hervor fallen im Duell wieviel?
Es wird nicht wieder heil.
»Mich beschützen« sage ich.

Die Zunge füllt den Mundraum aus ihre Spitze berührt beinah die Lippen drückt die Brustwarze nach oben um den harten Gaumen diese kleinen Münder ich mag die nicht sind einfach nur lächerlich dieses unkontrollierte seltsam unmotivierte Saugen.
Keinesfalls lasse ich die beiden an meine Brüste.
Kleine Kinder saugen an der Brust was für ein lächerliches Unterfangen!
Um ein Glas Milch bitten!
Ich hatte so sehr gehofft ihr kommt nicht.

Zwei auf einmal.

Die beiden in einem Winkel von sechs Grad einander zugeneigt.
Entsetzlich riecht es hier.
Ich friere.
»Wir sind hier fast fertig« meint einer.
»Wir haben die Waffen.«

»Wir sterben füreinander.«
Über Kieswege schleppen.
Auf mich losgehen.
Auf mich zugehen.
Wie sie den Raum fünfeinhalb Stunden lang kontrollieren.
»Wieder ein Geheimnis daraus zu machen ich war hungrig« stand auf dem Zettel.
Lasst uns zusammen nach Hause fahren und lasst uns dann die Böden fegen.
Wenn sie sagen »Das ist doch halb so wild« sage ich »Das ist mehr«.
»Und wahrscheinlich ist sie eine Lügnerin.«

Als gäbe es nichts Wichtigeres zu tun als Kinder hüten
Kinder haben nichts zu bedeuten sie haben nichts zu bedeuten.
Aufzucht.
Scheißverwandte.
Kann kleine Kinder nicht leiden.
Alberne Beschäftigungsrituale.
Kinder sind zu klein und noch zu dumm um schon Sinn zu stiften wozu diese Aufregung am Schluss bewundert die Welt ein rigides Konzept.
Franziska ist jetzt die ältere Schwester.
Soll sie sich kümmern.
Großes Mädchen!
Du sollst meine Große sein.
Franziska erst sechs schmächtig aber zäh.

Sie hält viel aus.
Sie hält alles aus.
Wie sie so ganz allein durch den Wald läuft die wächst auch allein heran.

Nachmittags geht es den Kindern so schlecht dass erneut der Arzt gerufen wird.
Das Zimmer bleibt bis auf weiteres geschlossen.
Oft kriechen sie stundenlang umher machen mich aber nicht neugierig.
Mathilda ausbluten lassen Elisabeth die ich früh hätte ertränken sollen mit acht Beinen schlecht vernarbten Wunden vorne an der Rampe ist der beste Platz Ivan Franziska Elisabeth Mathilda und die anderen.
Schöner sieht selten etwas aus.
Es tötet die Romantik.
Am Montag aber sei dann der Gestank unerträglich geworden es ist ein böser Gedanke der da aufzieht nicht ein Topf dessen Zustand sich dramatisch verschlechtert hat.
Zu Mittag werden die Kinder abgeholt so wie jedes Jahr am letzten Freitag des Monats.
Aufzucht.

Scheint den Schlag völlig gelassen hinzunehmen.
Niederwerfen.
Sie sind klein leicht und auf Kissen zu tragen.
Ich wickle sie wieder aus.

Ich möchte mich hinlegen.
»Wir haben uns gefürchtet« sagen sie unentwegt.
Und widersetzen sich nachdrücklich.
Gehen in ihre Zimmer zurück.
In den Rücken der Kinder.
Seitdem wurden sie nicht mehr gesehen.
»Sie sind einfach nicht mehr da.«
»Als die Winter noch kühler waren hielt sie sich im dritten Stock auf.«
Was macht ihr denn hier?
Wenn sie sich aus dem Fenster lehnen dann und die Sonne frisst die Kinder.

Drüben auf der anderen Seite des Hauses dort wohnt Ivan mit den Kindern.
»Manchmal trägt sie ein Stück ihrer Scheibe und Pfeile im Korb bei sich.«
»Dann hat sie eine Weile still gelegen.«
Seitdem ich die Kinder nicht mehr täglich sehen muss geht es mir wieder besser.
Ivan kommt hin und wieder vorbei ist ein bisschen nur grob zu mir.
Ein ersehnter Schlag.
Schwanke nur kurz falle nach hinten.
Es folgt eine zweite eine dritte Bitte »Geh nicht«.
Ein einziges Mal scheint für einen Moment so etwas wie Friede einzukehren tagsüber wieder nur Benommenheit.
Angst sich einnisten.

Ein Kreis muss sich nicht immer schließen.

Nur noch bis zu einer gewissen Schwelle gehen.
Einwilligen.
Verzwergung.
Runter mit dem Kopf.
Mit Kreidestrichen ein Haus bauen.
Zielen.
Tag und Nacht.
Eine Narbe am Hals das ist alles alles.
Den Kopf gegen die Brust rammen erneut ins Koma fallen auf engstem Raum in höchstem Tempo in einem der eindrucksvollsten Säle.
An den Vorhängen kauen.
Wände vor dem Auge Vertrauen haben.
Mir seinen Anorak überlassen.

Mit der Stirn den Marmorboden berühren.
Eine Zeit lang schien es.

Ungeheuerkämpfe dreißigjähriger Schlaf verschlungener Körper.
Es hört nie auf bis es aufhört.
Die Balken sind roh.
Beugt den Oberkörper legt das Gesicht auf die Herdplatte schließt dabei die Augen und genießt die Wärme!

Es ist schön hier als die Frösche kommen.
In diesem Zimmer ist es verboten.

Du fehlst mir!
Ich bleibe.

Jeden Morgen um neun alles wieder gut machen.
Wechsle das Wasser in der Wanne alle Vorhänge zu
der Rest von einem Kochgeschirr.
Die Kinder dürfen nicht herein.
Ivan hat versprochen.
Und stets aufs Neue.
Weil ich will dass es ihn gibt.

Ivan hat versprochen irgendwann würde er einmal hier bei mir übernachten bleiben ich dürfe dann in seinen Armen einschlafen es war ein Sonntag ich erinnere mich genau.
Und ich wünsche mir das seit ich denken kann.
Auf dem blauen Polster liegen mit blauen Luftballons schlafen mich runterkühlen auf fünfzehn Grad dann ein Stück Decke und wenn der Wind günstig den Himmel auf den Kopf stellen mit dem allerletzten Lächeln.
Es gibt auch keine Nacht in der ich wieder mit geschlossenen Händen schlafen werde »Mach auf die Hände«.

Und niemals weine und niemals lache ich.

Und Ivan bringt mir immer wieder Blumen die Kinder pflücken Blumen für die Mutter.
Was macht eine Einzelgängerin mit einem Kind?

XI.

Mit dem Leben bezahlen eure Geräusche nicht ertragen können Sprechchöre die Minuten dauern.
Mir ein Lied singen.
Gestalten im Gänsemarsch vorbeigehen sehen.
Ich erkenne sie nur an ihren Augen.
Ich bin es die euch nicht bei sich haben will!
Eines Morgens sind die Türen ausgehängt.
Ivan hat alle Türen ausgehängt.
Ich höre sie obwohl sie so leise Kinder sind.
Ich denke sie gehen früh zu Bett.
Ivan der Vater.
Ivan der Vater.

Sie jetzt ansehen müssen alle vier andauernd kreuzt etwas meinen Weg eines der Mädchen hat blondes Haar.
Und auch alle anderen tragen nun lange Haare eines ist hässlich.
Und ich sehe Gesten von vor fünf Jahren.

Bestimmt um fünfzehn Zentimeter größer geworden sind sie gewachsen ich mag überhaupt nicht wie sie aussehen.
Mathilda und Elisabeth die Zwillinge erkenne ich erst überhaupt nicht ich habe ihnen auch nicht diese Namen gegeben sie tragen diese Schilder um den Hals mich interessieren ihre Namen aber unter keinen Umständen.
Schauen mich nicht an wenn sie mit mir reden schämen sich ganz offensichtlich dass es sie gibt.
Sie starren mich an halten sich an den Händen verknoten ihre Finger ineinander und treten ein eine Schnur die man spannte daran ein Glöckchen fanden sie schließlich den Weg hierher und höre sie sagen mit leiser Stimme überschlagen sie sich dennoch: »Wir dachten es gibt dich gar nicht wirklich.«
»Dich gibt es nicht.«
»Wir haben gedacht du freust dich.«
Nein die Mutter liebt die Blumen nicht.
Nein euch tue ich nichts!
Niemals!
Trotzdem kann ich mir vorstellen wie es sich anfühlen würde und ich reagiere auch so wie ich in Wirklichkeit reagieren würde gehen sie voran denke ich muss ich vor keiner Angst haben.
»Wollen wir?«
»Nein ich will noch nicht ins Bett« sagt eines der Mädchen sagt die eine.
Dann muss ich dich mit meinen weißen Zähnen beißen!

Wir gehen in den Wald und warten auf den März!
Die Gerüche machen mir zu schaffen seit die Türen ausgehängt sind und irgendein Gerät im Haus ist eingeschaltet irgendetwas pocht ständig an diese Zimmerwand.

Eines der Mädchen stottert tatsächlich.
Sie kommt mir überhaupt blöd vor frage ich etwas scheint sie an ihren Worten an ihren Versuchen mir zu antworten regelrecht zu ersticken.
Diesem Kind scheint alles recht zu sein wenn es nur nicht sprechen muss.
Beißt die Zähne zusammen das Kiefer starr presst Laute hervor versucht ihre stark zitternden Lippen unter Kontrolle zu bringen sitzt dann da schwitzend fängt zu stinken an es ist erbärmlich.
»Und du?«
Diese Frage fürchtet sie wie sonst nichts.
Keine der Schwestern darf ihr beispringen vielleicht atmet sie einfach nicht richtig lass mal sehen sie bricht Worte ab dehnt Buchstaben ist schrecklich anzuhören.
Mädchen steh gerade!
Mädchen streng dich an!
Lass mal sehen stehe ich dichter bei ihr höre ich die ruckartigen Bewegungen der Zunge das Aufeinander-Schlagen der Zähne ihr schnappendes Einatmen k-k-k-kommen na endlich!
Und jedem Anfang wohnt ein Zauber inne dann springt er in den Tod.

Erst wenn du dieses Wort ordentlich gesagt und dreimal wiederholt hast darfst du gehen.
Wehe!

»Die Kinder wir haben Glück gehabt mit ihnen.«
Es ist September.
Was macht ihr denn hier.

Menschen die ich nicht gesucht habe zu denen mir keinerlei Fragen einfallen.
Sich übereinander hermachen.
Greifen sie wieder nach meiner Hand?
»Es tut so weh« sagen sie dann.
Womöglich Erwartungen wecken inhaltlich zupacken oder wortlose Gewalt jetzt sagt schon »Ich liebe dich«.
Und mein Körper sich in ihrem abdrückt.
Und man darf mich keinesfalls anfassen.
Diese Familie ist mir widerlich.
»Es tut weh« mit den Füßen getreten werden nichts dazwischen die Platzwunden sind von den Prügeleien die Schnittwunden an den Beinen sind von letzter Woche.
Keine Ahnung!
Weil das Kind zu langsam ist zu unwillig.
Hatte Angst wollte nicht.
Was ist denn?
Was ist denn?

Sie setzen zu einer Antwort an »Es tut uns leid« flüstern sie »Es tut uns so leid«.
»Es dauert vier Tage um jemanden zu brechen.«
»Hier nicht« sagt die Frau und »hier auch nicht«.
Die Kinder?
Meine Kinder?
Ich stehe auch niemals am Fenster.

Am morgigen Sonntag werden alle gemeinsam einen neuen Anlauf nehmen.

Ein Dreckhaufen von einem Kind!

XII.

Ich schlecke das Telefon ab um dich besser hören zu können.
Achtzig Flaschen mein Magen meint ich sei grob gewesen werde mir die Mandeln entfernen lassen zwei Löcher oder ein Kehlschnitt mit einem Schmuckstein dann verschließen ich möchte sehen was du siehst.

Die schmale Gestalt bittet um einen Bissen Brot.
Die schmale Gestalt bittet darum hier sein zu dürfen.
Eine Decke über das abgemagerte Hinterteil spannen.
Meinen Körper auf den nun folgenden Kampf einstimmen.
Die Türen im Parkett ausgehängt.
Es braucht hundert Minuten die Welt zu verstehen.
Der Himmel leer.

Jedenfalls wird diese Bastion fallen.
Vielleicht stimmt das sogar.
Angefangen hat es nach Franziskas zweitem Geburtstag das Mädchen horchte an der Wand.
Irgendjemand sagte einmal »Alles ist verziehen«.
Die große Lektion die man mir endlich doch erteilen müsse?
»Sie schlägt um sich rennt gegen ein beißt sich in die Hände.«
»Die drei Mädchen machen es auf genau dieselbe Weise.«
»Ich habe mich nunmehr entschlossen« beteuert sie unentwegt.

Der Jubel der dann doch aufbrandet klingt gedämpfter als sonst als stünde jemand vor der Tür.
Reiße die Seiten wieder heraus und übergebe sie dem Kurier.
Kurz darauf vierzehn Tage nach Ivans eigentlich letztem Besuch erscheint er noch einmal nimmt sich viel Zeit mehrere tausend Verse bis zu dem Punkt: »Wenn du einmal groß genug bist in ein paar Jahren mit vierzehn fünfzehn.«
Ihr wisst ja nicht was ihr da tut!

Aber es sieht so aus als würde Ivan mich jagen.
Gegen Mittag waren sie dann endlich weggegangen außer Haus.
Machen einen Ausflug.
Jedes Kind sollte erzählen können was es am Wochenende erlebt hat.
Sie spielen ein Spiel.

Alle Spielsachen in eine Kiste fahre hinaus übergieße sie mit Benzin und zünde sie an.
Ich bin die Mutter.
Ich habe sie geboren ich kann mit ihnen machen was ich will.
Wer nicht spurt sich nicht fügt der wird es bitter bereuen!
Ich treffe Vorkehrungen.
Mein Atem in eurem Ohr.
Dicht auf den Fersen.
Erneut fällt ein Mädchen vom Himmel kurz vor elf und die Sonne scheint als sie aufgewacht ist der Körper blutverschmiert wir erkennen sie nur an ihren Augen.
Ich gehe ihnen hinterher fotografiere sie.
Ihr kleinen Verräter v-v-v-v-verschwindet endlich.

Du hast geschworen: Bis zu deinem Tod!

Erst blicken sie kaum auf.
Lassen sich bei ihrer Arbeit an meinem Körper nicht stören.
Versuchen ihn auszuschalten aber es geht nicht es wird Sonntag es wird Montag ich kann mich nicht mehr erholen »Gewiss da wehte ein Wind vom Paradies her!« mir blaue Male beibringen.
Schlagabtausch verdächtiger Tremor Ivan tut dann stets so als wäre nichts gewesen nur die Haut zeigt Verschleißerscheinungen.
Die Begrüßung einzigartig unhörbar huschten noch paar Entsetzte fügen sich bisweilen zu aufgebrachtem Gesang.
Wir werden fliegen nicht wahr!

Du hattest mir versprochen.

Du hattest mir versprochen mich anzubinden mir Male für Weihnachten beizubringen nur deshalb bin ich zurück das Christkind kommt dann tatsächlich auch zu mir und sieht Haut mit schmerzlichen Eindrücken.
Möchte so gerne endlich das Fürchten lernen.
Endlich einmal im Sterben liegen.
Erst ein ordentlich rot geschlagener Hintern blüht so richtig auf man kann mich auch von hinten le-

sen mein Herz geht schneller sonst ist alles in Ordnung.
So viel und so schnell wie möglich.
Ich sehne mich nach einem Rollstuhl.
Wie du so hingerissen von meinem Brustbein es gibt keinen einzigen auf der ganzen Welt der genau das besser macht vier oder fünf Jahre.
Dass es nie mehr so wie früher sein wird das ist das Wichtigste.
Ivan ist der Größte seiner Art.
Wir haben kein anderes Leben.

Es endet dann jäh am Samstagmittag gegen halb eins eine Frau mit zerschmettertem Kiefer die sich die Treppe hinuntergestürzt.
»An diesen Stellen waren die Zerstörungen am schlimmsten.«
»Den zu töten den man über alles liebt.«
»Halt den Mund Krüppel« fährst du mir übers Maul.
Es gibt nur den einen Weg: Hingabe.

Die Kinder schreien »Warum kommen zu uns keine Großeltern?«
Elisabeth wie das Kind mit den großen blauen Augen gerufen wird Mathilda ist das Mädchen das nicht einschlafen kann.
Schaff sie weg!
Töte sie.

Es ist drei Uhr und eisig kalt.
»Das hier ist Kriegsgebiet.«
Sein Tee werde kalt.
Jemanden vergessen nicht an ihn denken.
Zurückbleiben niemand singt mir abends Lieder.

XIII.

Ihnen nichts kaufen nichts schenken keine Überraschungen bin nur wegen Ivan zurück.
Mathilda möchte gerne eine Krippe aufstellen Elisabeth möchte Schlittschuh laufen nein eure Wünsche interessieren wirklich nicht!
Meine Schwester schickt mir Kekse im selben Jahr ich fange an sie zu vergessen.
»Selbst ihre Familie war erleichtert sie endlich los zu sein.«
Hier geht eine Welt unter.
Ihr habt die Mutter traurig gemacht.
Ivan der Vater ist auch ein trauriger Mensch.

Wie sie ganz alleine durch das Stiegenhaus laufen die Türe verschließen verriegeln sich irgendwas ausdenken irgendwas vorbereiten immerzu flüstern die erwartet noch etwas heute.
»Ach nichts« sagen sie verschämt kichern nur ein wenig.

Wer sich noch bewegen kann der gehe ins Nebenzimmer wer nicht hat ein Problem!
Kein Auge zu!
In den Wald mit euch dort auf den März warten!
Und kein Kreuz kein Kreuz dabei!
Und keinem keinem wird geholfen sein!
Selbst die Winde sind mir untertan!
Ihnen endlich verbieten von Weihnachten zu sprechen lediglich durchsichtige Plastiktaschen sind erlaubt.

An diesem Abend werde ich singen höre damit nicht mehr auf in diesem Jahr.
Sagt mit winselnder Stimme »Sie haben nichts zu bedeuten«.
An Waldrändern und Waldwegen liegt Schnee.
»Es ist früher Abend« sagt die solcherart Beschenkte.
»Wir hatten so auf Papa gewartet.«
Es gibt keine zweite Chance.
Nie.
Ja aber.
Kein Aber!
Freiwillige müssen Entschlüsse fassen.
Und warten bis sie alle tot unterm Weihnachtsbaum liegen dann.

»Im August vergangenen Jahres.«
»Der Tag an dem sie plötzlich Weihnachten feiern wollte war ein ganz normaler Tag.«

Aufstehen.
Aufstehen!
Weil ich darum bitte.
Die Knöpfe annähen wollen so könnten sie geklungen haben sich wehren dauert als sie wieder draußen stehen im Hof.
Ganz anders gehen als die anderen gehen.
Hocken flach im Wasser.
Die vielen Fotos eingepackt.
Weil sie dieses Jahr so viel alleine waren.
Meinst du ich kann sie heute Morgen mal zu dir schicken?
Eine Entenschar zieht vorüber doch die Tür ist versperrt es ist wieder kein schöner Abend geworden.
Ich improvisiere manchmal auf dem Klavier das mag ich an Weihnachten mein Großvater war Musiker am dreiundzwanzigsten Jänner wäre er hundert nur einige seiner Stücke sind erhalten.
Beides muss früher anders gewesen sein.
»Wir können nichts weiter tun als auf sie warten.«
»Man muss mit ihr reden damit sie nicht den Verstand verliert.«

Von der Schule vom Kindergarten Kinder von denen sie so inständig erzählen früher haben die drei nicht so viel geredet.
Aber ich liebte es mit ihnen Memory zu spielen.
Mathilda ist die mit dem etwas länglichen Gesicht du bist ausgesprochen hässlich mein Kind.

Sie sind scheu und sie beißen nicht die Nachbarn schenken ihnen allerhand erzählen dass sie vormittags zur Schule gehen nachmittags dann spielen bis Ivan sie abholt Mathilda von der anderen Seite.
Und wie sie so daliegen im Sonnenschein auf der Wiese.
Sie mögen einander.

Ihr Kinder seht!
Alles nicht wahr.
Sagt das Mädchen leise »Du lügst. Du lügst!«

XIV.

»Das Mädchen ist so klein es konnte bestimmt noch nicht laufen.«
»Hat dünne weiße Mädchenarme!«
»Sie heißt wie Franziska nur Mathilda.«
»Auch die Schwestern waren gekommen.«
Und weit und breit niemand der sagte »Mein Gott das arme Kind«.
Den kleinen Finger schnitt es sich selber ab dann.
»Das Kind hat Heimweh und weint jeden Tag hat ein Gesicht das man sich gut merken kann.«

Auf dem Weg ins Krankenhaus verliert sie mehrmals das Bewusstsein schreit und muss festgehalten werden doch im Haus ist es jetzt still bis auf die Geräusche die es beim Kauen macht es ist heiß sie habe Hunger.
»Am neunzehnten Mai war ich einmal im Nachbarort.«
Am nächsten Tag ruft eine Cousine an und sagt »Weißt du eigentlich was bei euch passiert ist?«

»Genau vor diesem Schild haben sie sie erwischt.«
Überfahren dort drüben.
Eine merkwürdige Art sich aufzuhängen.
»Meine Tochter soll einmal in geordneten Verhältnissen aufwachsen.«
»Ich habe keine Tochter.«
»Sie schlägt ganz einfach die Hände zusammen und weint.«
Platz tauschen!
In den Taschen ihrer Jacke finden sie Zettel mit denen sie jetzt unentwegt spielt.
Beide Arme und Beine Brust und ihr Nacken zeigen Kratzer und andere Spuren von Gewalt.
Wie heißt du mein Kind?
Warum versteckt ihr euch hinter dem Sofa?
»Wir haben noch eine Schwester gefunden.«

Mittlerweile esse ich gar nichts mehr die Menschen essen ohnehin alle zu viel so verschwimmen ihre Gesichter es ist abstoßend ihnen beim Essen zuzusehen.
Die Kinder dürfen jetzt auch nicht mehr essen.

Wer zuerst aufschreit vor Schmerz hat verloren ein kleiner Sprung eine sanfte Äußerung der Freude um mir zu danken eine Drehung um hundertachtzig

Grad ein Sprung drei Meter weit Striemen in dunklem Violett.
Sprechchöre die Minuten dauern.
Je einer schlägt seinen Vordermann tot.
Anschwellen und abschwellen lassen.
In Echtzeit.
Drei mal drei ist?
»Neun.«
Zweiundsiebzig minus fünf?
»Siebenundsechzig.«
Sieben mal acht?
Sieben mal acht?
»Sechsundfünfzig.«
Einundzwanzig minus sieben?
»Vierzehn.«
Das ist nicht richtig!
Einundzwanzig minus sieben?
»Vierzehn.«
Du dummes dummes Ding.
Vier mal acht?
»Zweiunddreißig.«
Nicht richtig!
Fünfzehn mal zwei?
»Dreißig.«
Nicht richtig!
Fünf mal neun?
»Fünfundvierzig.«
Richtig!
Elf mal vier?
»Vierundvierzig.«

Richtig richtig und klatschen in die kleinen Hände.
Lasst alle Hoffnung fahren!
Es hört nie auf bis es aufhört!
Zur Hölle mit euch!

Ivan meinen Körper und mich überantworten mich dir überlassen Prinzip Endkampf bist nur noch einigermaßen grob zu mir.
Der Rest von einem Kochgeschirr.
Gnade sieht so gut aus!
Wir arbeiten einen Plan aus ein Dreistufenplan wenn sie den absolviert haben dürfen sie mich wieder treffen.
So und jetzt verschwindet.
»Ich möchte lieber nicht.«
Zehn neun acht sieben sechs.

Zwei todmüde Verstörte mein Ideal.
Früher da flogen Drachen am Himmel.
Das war im Herbst.

Liebe mit der linken Hand.

Ihnen neue Gesichter geben und neue Namen.
Die Abrichtung ist total.

Mich in abgelegene Winkel aufmachen nächtens durch die Stadt den Drang mich erlegen zu lassen die Genauigkeit im Handwerklichen durch die Notoperation ist die vorübergehende Blutzufuhr in den Arm und in die linke Hand wiederhergestellt.
Und während mein Schädel im Rhythmus an die Wand donnert ich würde nicht wieder kommen wollen ließe er nach durch die Straße patrouillieren als zöge ich zu einem Maskenball Meldegänge Späher Lastenträger Weiberverzahrer das erregt nur kurzfristig führt aber auf lange Sicht zu Taubheit knapp zehn Monate früher als geplant.
Deutlich auf Distanz gehen zur billigen Liebesgeschichte am nächsten Tag vertiefe ich mich ebenso lange falle bettwärts.
Das war früher nicht.

Renne hart gegen die Wand fahre zusammen dicht an der Mauer entlang die paar Steine das baut sich von selbst mache ein wenig Pose würdelos hin und her kollern zeige Demut vor dem Fuß irgendwo strafft sich eine Sehne nicht eine gefällige Linie entsteht.
Schleift mich nicht zu weit!
Wiegenden Ganges.
Einherginge.
Aufgestanden bin ich.
Ich übe mich.

»Es gibt keine Zugabe« sagt er es gibt keine Zugabe. Die eine Person um die es gegangen wäre.
Manche Versprechen halten nicht uneinholbar der Vorsprung.
Mit der Schrotflinte auf mein Herz zielen damit wird man nie fertig werden immer wissen dass etwas fehlt das ist eigentlich alles.
In diesem Zimmer ist es verboten sitzen oder stehen darf man hier auch nicht gespannt ist Ivans Seil die Straße wieder leer.

»Die Frau habe auf ihren Kindern gelegen.«
»An ihnen sind keine äußerlichen Verletzungen zu finden die Leichen bekleidet allerdings nicht die übliche Winterkleidung.«
»Die Körper liegen schneebedeckt eng aneinander geschmiegt in einer Senke inmitten der Ackerlandschaft zwischen den Ortschaften.«
»Mathilda und Elisabeth die Zwillinge sechs Jahre alt.«
»Franziska acht Jahre alt.«
»Der Vater hatte sie tags zuvor als vermisst gemeldet erfolglos hat er nach seiner Familie gesucht der entscheidende Hinweis kam schließlich von einem Spaziergänger.«
»Der Heimweg führte Mutter und Töchter durch ein Wäldchen.«
»Warum sie trotz eisiger Kälte ohne Mantel und Jacken auf das Feld gegangen ist völlig unklar eines der

Kinder trug nicht einmal Schuhe neben den Leichen lagen zwei Stoffpuppen und ein Liederbuch.«
»Das ist ein schlimmes Unglück.«
»Sie war immer sehr sehr ruhig blieb für sich.«
»Erste Untersuchungen weisen auf Tod durch Erfrieren hin.«

Ein Zimmer voller Kartons.
Du sollst nicht töten.
Die Körper konnten nie gefunden werden die Köpfe hab ich behalten.
Ein einziger Laut nur weist die Spur »Das tote Kind lag hinter einer Tür«.
Bläst sie von innen her auf.
Korrekturen missglückter Eingriffe andernorts in Rinnsalen zwischen den Beinen.
Bis sie bewusstlos geworden mit acht Beinen schlecht vernarbter Wunde dehnbarer Haut sie haben heute schulfrei dürfen extralange aufbleiben.
»Willst du uns etwas vorlesen?«
Da flog aus dem Mund eine große Libelle aber: Sag ihm nichts!
Sag ihm nichts!
Belagerung.
Eroberung.
Geschoss.
Aber es war nicht nur für fünf Tage sondern für immer.
Sag ihm nichts!

Sag ihm nichts!

»Nein ich wollte nur dass du dich wieder erinnerst.«

Und irgendwann möchte ich Ivan so lieben können wie ich möchte.

XV.

Verzweifelte Flächen noch sieben Tage.
Aber vielleicht ist alles schlimmer.
Vielleicht ist da gar nichts unterm Kleid.
Die Leute weichen mir auf der Straße aus.
Das war eine Zeit lang so ja.
Jemand ist glücklich und nur das sollte zählen.
Kopfunter im Wasser treiben.
Verhandelt auf einer Fläche die kaum größer als der Küchentisch die Idee war größer als du.
Wer liebt hat immer Recht.
»Sie nimmt starke Schmerzmittel am Morgen ist ihr Knie erneut geschwollen.«

Geschwärzte Stellen es ist Zeit sich zu ergeben.
Am Boden kauern und dann gut schlecht behandelt werden Ivan blickt in den Spiegel und sagt »Da ist sie ja wieder!« oder »Mach auf die Hände!«
Heimsuchungen esse nicht behalte keine Nachrichten

im Kopf aber irgendwann kommt es und der ersehnte Anfang bleibt aus.
»Laut Zeitungsberichten ein Bein verloren und sich deshalb behandeln lassen die Informationen sind aber falsch sie ist gar kein Krüppel.«
Das Bein bleibt ein wenig in Erinnerung wird dann aber doch vergessen.
Zweieinhalb Stunden sind viel Zeit ich warte ein paar Minuten und laufe davon.
Ja ein außergewöhnlich warmer Frühlingstag es ist die Rede von das war nicht immer so über etwas lachen das ich nicht sehe in den vergangenen Jahren sind zwei Dinge geschehen und so entstehen Lücken zwischen den Zeilen.
Schonungslose Gesten.
Notfalls mit Gewalt gegen die innere Bedrängnis als Akt der Sehnsucht.

Ivan und ich haben uns lange nicht gesehen.
Als ich an ihm vorbeigehe starrt er mich an.
Auch der Himmel hier ist mittlerweile anders.
Früher war ein entlaufenes Mädchen ein entlaufenes Mädchen.
Leg mich schlafen Ivan!
Einmal noch.

Badewasser Wasser.
Baden.
»Sie wollte nicht mehr aus dem Badezimmer kommen.«
»Warum sie nicht ertränken.«
Klatschend gegen meinen Leib.
So still ist es dass man die Kinder hört im angrenzenden Wald und die Nachbarin beim Wäsche Aufhängen.

Worte an die Wände gemalt schlecht zugemachte Kleider leichtsinnig dünn gewandet ersehne einen Regimewechsel Sehnsucht nach Tritten Götter akzeptieren nur Blutopfer und dabei habe ich mich sogar an Regeln gehalten.
Kann nicht schlafen nachts würde Ivan gerne glücklich machen in den Gassen fasst er nach die letzte Glut austreten »Gebt ihn mir wieder zurück!« sage ich zu einem Fremden.
Hinter denen es wirklich nicht mehr weitergeht.

Du fehlst mir.

Wie zustande bringen?
An dessen Stelle würde jetzt treten.
Dann sagte er etwas von Montag.

Bei ihm war alles alles gut.
Es gibt Fotos von ihm mit einem Lächeln das Minuten dauert.
»Mehr als alles in der Welt.«
Lieben wird mir in Hinkunft nicht mehr gefallen.
»Sie wird alleine gut zurechtkommen.«
»Ich habe meinen Frieden gemacht und rede jetzt hin und wieder mit ihr.«

Ivan wollte es anders der Riese der sein Herz ganz nah bei sich trägt.
Ich weine über alle seine Worte.
Wie schafft er das?
Die Kapitulation ist total meine weißen Ärmchen sie wussten sich nicht zu wehren.
Einen einsamen hoffnungslosen Tod sterben das ficht niemanden an die Bewerkstelligung eines Übergangs ich war noch nicht so weit ein Vorratslager an das ich nicht herankomme so muss es gewesen sein.
»Das Herz ich greife zuerst ihr Herz an.«
Seinetwegen.
Dreimal noch schlafen.
Er wird nicht wieder kommen.
Was bleibt ist Dankbarkeit.

Lege mich stundenlang in meine Schlammgrube hinter dem Haus gleich ob es regnet oder nicht.
Nie habe ich jemanden so mit mir sprechen gehört.

Dann folgte eine Pause und ein weiterer Satz.
Und für eine Weile ist dann alles ganz einfach.
»Unsere Mutter hat nur noch einen Wunsch: Sie will dieses Foto zurück.«
»Fremde kannten von ihr bestenfalls ein unscharfes Foto aus der Zeitung.«
»Noch nie hat sie hier mit jemandem gesprochen wir haben noch nicht einmal ihre Stimme gehört.«
»Hingen lose an ihren dünnen knochigen Fingern.«
»Der Unterarm das sieht man deutlich ist fünffach gebrochen und von Narben entstellt.«
»Du arme Kleine.«
Das ist nicht wahr!
Lass mich los!

XVI.

Dass es nie mehr so wie früher sein wird das ist das Wichtigste ungetröstet bleiben nie einen Ersatz finden nichts was eine Erlösung andeutet.
Am offenen Herzen hantieren.
Was ist denn?
Was ist denn?
Setzt zu einer Antwort an flüstert »Ich habe Geburtstag morgen magst du kommen?«

Auf zwei Körper zielen.
Ist das eine Umarmung?
Es folgt eine zweite eine dritte eine Nähe die verpflichtet die Sekunde vor dem Schlag wovon ich denn so träumte fragen sie.
Wie soll der Mund aussehen?
Was für eine Stimme?
Lasst mich los!
Bitte.
Um Mitternacht mitteilen: Ich habe keine Angst vor

dem Tod ich kann mich jetzt bis zu siebzig Stunden wach halten.
Ich kann ewig warten.
Den ganzen Tag.

Sind es Äpfel?
Sinds Birnen?
Sag es mir.

Jemanden vergessen nicht an ihn denken.

Ein Dach voller Scharfschützen »Setz dich hierhin und warte bis ich zurückkomme« Risse vernähen ab heute habe ich mehr als hundert Träume eine Hand voll vier Zentimeter lang ein Geschöpf nach dem ich lechze in die Höhe halten und beteuern ein Fuß ein Kopf ein angewinkeltes Bein Haare noch ein Kopf wenn du den Stein errätst bleibe ich.
Niemand tritt durch die Tür.
Dahinten!
Dort muss es gewesen sein!
Ist schon die Hälfte vorbei oder dauert es noch zwanzig dreißig Jahre?
Konkreter!
Du fehlst mir.

Krude Handlungsanweisungen äußerliches Mal brennen körperliche Verformungen was legt sich da ums Herz die Zeit der Verausgabung Unterwerfung einander abverlangen Schaden nehmen wenn Menschen gehen bleiben leere Häuser zurück Stigmata.
Der Himmel fällt leise vom Himmel.
Erzähl mir nicht!

XVII.

»Sie ist niemandes Angelegenheit.«
»Sie weint nie vor siebzehn Uhr.«
»Schlägt um sich rennt gegen beißt sich in die Hände.«
»Dann hat sie eine Weile still gelegen.«
»Atmet unregelmäßig.«
»Zum Lachen ist sie noch zu schwach.«
»Legt sie in die Sonne!«
Und.
»Wie heißt du mein Kind?«
Das ist kein Liebeslied.

Erst eine dann zwei dann drei dann vier falle ich doch einmal in den Schlaf höre ich mich nach dir rufen.
Ich kann ihren Fragen ausweichen brauche aber meine ganze Kraft damit ich nicht anfange zu weinen als sie mit mir fertig sind springe ich einfach durch das offene Fenster.

Ich dachte immer Ivan müsse doch wahnsinnig werden vor Schmerz.
Erinnerst du dich an mich?
Nässen und seinen Beitrag leisten.
Sage niemand er wisse.
Es endet dann jäh am Samstagmittag gegen halb eins. Eine Frau mit zerschmettertem Kiefer die sich die Treppe hinuntergestürzt ein Kind das sagt »Ich will nicht bei der Tante schlafen ich will bei dir schlafen«.
Los auf!

Den zu töten den man über alles liebt!

XVIII.

Nie wieder wird hier jemand Geburtstag haben.
Hilf uns Mutter!
Ich kenne euch nicht.
Die Kinder?
Meine Kinder?
Ich bin nicht die Mutter.

»Entweder sie ist tot« sagt er »oder sie lebt noch«.

Dann gehe ich in ein Hotel und warte gegen die Mauer rennen den Raum kleiner schneiden eine glaubhafte Vorstellung dessen wie es gewesen sein könnte.
»Ich kann das nicht« sagen.
Über das Gesicht gehen Spuren hinterlassen einer der mir bei der Mitteilung um den Hals fällt.
»Sie verließ das Haus so selten.«
»Sie fror nie.«

Nach wie vor bedeuten mir die Kinder nichts der Wille sie zu verletzen ist groß.
Vorhut.
Hinterherweinen.
Die Tür hat dann keiner mehr aufgekriegt.

Und während mein Schädel im Rhythmus an die Wand donnert »Es gibt keine Zugabe« sagen sie es gibt keine Zugabe.
Mit Schnee bedeckte Felder niemand kommt entgegen nichts steht auf den Schildern hätte ich tatsächlich einen Wunsch frei: herabgestürzte Engel liegen auf kaltem Pflaster.
Vor aller Welt ein Loblied singen fast zwei Meter groß werden ein Erkennungsmal auf die Stirn brennen.
Klebestreifen die nicht haften.
Nässen und seinen Beitrag leisten.
Augen anfeuern.
Schädel nach unten.
Augen blutig geschwollen.
Ich gebe dir die Kinder zurück.
Die Hände am Rücken es ist bald so weit.
So still ist es dass man die Kinder hört im angrenzenden Wald und ich sah den ersten Geiger lachen vor Freude.
Ein Schreiben über den Tisch gereicht und die unerschütterliche Erwartung Erschöpfter eigentlich wollte ich immer in deinen Armen sterben.

Es riecht nach gelben Tulpen und Marzipan.
Ob es gleich wieder aufhört?

Das letzte ist am lächerlichsten.
Konkreter!
Du fehlst mir.

Wie es schmerzt dass du mir deine Liebe nie geschworen.

THE REAL END

Monique Schwitter
Ohren haben keine Lider
Roman

Nicht minder präsent ist ihre Schreibe. Zunächst einmal: Sie hat eine. Die hat etwas Unverschämtes, äußerst Direktes, manchmal auch Verstörendes. (…) Musik, Klänge, Geräusche spielen in »Ohren haben keine Lider« eine entscheidende Rolle. Sie markieren Reviere, kündigen Stimmungen an, ersetzen gelegentlich den Dialog. Ohne die Geschichte zu aufdringlich mit Symbolik zu überfrachten, nutzt Schwitter das eigentlich eher filmische Mittel der akustischen Untermalung in ihrem Text sehr klug und aufmerksam.

Hamburger Abendblatt, Maike Schiller

Monique Schwitter (…) verleiht in ihrem Debüt »Ohren haben keine Lider« einem altbekannten Thema einen überraschend frischen Sound.

profil, Karin Cerny

Eine Frauenfreundschaft, ein mysteriöser Todesfall und eine lange Suche nach sich selbst: »Ohren haben keine Lider«, das Romandebüt der Schweizerin Monique Schwitter, fesselt von Seite zu Seite mehr.

Berner Zeitung

Monique Schwitter hat ein eigenwilliges Buch geschrieben – zwischen Trauer und Komik, Verstörtheit und der Sehnsucht nach Liebe und Nähe. Jede Figur hat ihre eigene Musik (…) der Roman nun ist ein Ohrenbuch.

Schweizer Illustrierte, Isabell Teuwsen

Und (…) Monique Schwitter, 1972 in Zürich geboren, hat daraus eines der originellsten und pfiffigsten Bücher der letzten Jahre gemacht.

Falter, Daniela Strigl

autorinresidenz

Clemens J. Setz
Söhne und Planeten
Roman

Clemens J. Setz hat mit diesem beinahe beängstigend klugen Buch eines der besten Debüts des Jahres geschrieben.

FAZ, Richard Kämmerlings

Von den erhabenen Vätern zu den erniedrigten Söhnen, das ist eine Fallhöhe menschlicher Enttäuschung, die immer wieder neu zu vermessen ist, und Setz tut das mit äusserster Präzision. Er hat ein Buch geschrieben, dessen ernsthaft-spielerische Form nicht weniger erstaunlich ist als seine Intelligenz. (…) Mit erstaunlicher Wendigkeit bewegt sich die Sprache des Buches durch alle Gefahren der Epigonalität oder des Prätentiösen. Selten sind Débuts so eigenständig wie dieses und dabei von so zwingender Analogie.

NZZ, Paul Jandl

Mit leichter Hand nimmt er Umwege und Abzweigungen, streut er echte und erfundene Zitate, entwirft er irritierend schöne Bilder und Vergleiche. Deshalb folgt man ihm nur gar zu gerne auf all seinen labyrinthischen, mal dokumentarischen, mal phantastischen Wegen. Da hat sich einer etwas zugetraut – und kann nur freudigst darin bestätigt werden.

Der Bund

Einfühlsam zärtlich, mit einer Lust am literarischen Spiel und gleichermaßen souverän und leichtfüßig – eine neue Stimme, jung und überaus variantenreich; eine faszinierende Entdeckung.

Berliner Literaturkritik

autor**in**residenz

Michael Stavarič
stillborn
Roman

Elisa hat eine Passion: leere Wohnungen. Dass sie Maklerin ist, kommt ihr nur bedingt entgegen, ist sie doch tagsüber damit beschäftigt, Menschen zu suchen, die ihre Wohnungen füllen. Doch nachts ist sie in ihrem Element, hinter den Türen, die das Leben aussperren: dort fühlt sie sich sicher. Bis eine Wohnung nach der anderen von einem Brandstifter heimgesucht wird und in Flammen aufgeht …

Fulminantes Roman-Debüt
Walter Grünzweig, *Der Standard*

Michael Stavarič Debütroman »stillborn« ist ein atemloser Monolog voller falscher Fährten.
Sebastian Fasthuber, *Falter*

Der Romancier Michael Stavarič ist eine spannende Neuentdeckung. »stillborn« ist, ja was eigentlich? Kriminalroman, Liebesgeschichte – in jedem Fall ein starkes Frauenporträt.
Der Tagesspiegel

Das ist virtuos gemacht. Erzählen als Vexierspiel, als Folge von Rätseln, die die Lösung von Satz zu Satz hinausschieben.
Thomas Rothschild, *Die Presse*

Michael Stavaričs Buch ist eine Komödie, eine Horror-Picture-Show, ein wunderbares Buch.
Katrin Schuster, *Berliner Zeitung*

Michael Stavarič
Terminifera
Roman

Lois ist Krankenpfleger. Er weiß, wie es ist, in der Obhut von Menschen zu sein, die einem nur Gutes wollen: Er ist in einem Heim aufgewachsen, ohne Eltern, hinter den sieben Bergen, wo es nicht gerade zugeht wie im Märchen. Eines Tages entdeckt Lois Wanderheuschrecken auf dem Fensterbrett, kleine, zerbrechliche Monster, die der Wind in eine fremde Welt verschlagen hat – wie ihn selbst auch …

Michael Stavarič ist der Glamrocker unter den österreichischen Jungliteraten: schnell, originell und modebewusst.

Klaus Nüchtern, *Falter*

Die Dichterkollegen dürfen sich heftig ins Zeug legen. Mit »Terminifera« legt Michael Stavarič schon jetzt garantiert einen Roman des Jahres vor … Der Roman ist wichtig; er ist großartig, tragikomisch, handlungsresistent, sprachlich virtuos und er ist ein wunderbarer Beleg, dass es ein richtiges Leben im valschen (ja doch) gibt – und sei es nur auf Papier.

Werner Krause, *Kleine Zeitung*

Mit »Terminifera« legt der Schriftsteller Michael Stavarič seinen fulminanten zweiten Roman vor.

Wolfgang Paterno, *profil*

Stavarič hat sich nicht der neuen alten Lust am einfachen Erzählen verschrieben, er stattet seine Texte mit Ecken und Kanten aus, die ruhig auch mal weh tun dürfen.

Sebastian Fasthuber, *Der Standard*

autor**in**residenz

Sebastian Schinnerl
Pluton oder Die letzte Reise ans Meer
Roman

Der Investmentbanker Heinrich Sauvegarder tritt ab. In einer luxuriösen Seniorenresidenz bezieht er ein Appartement im Stil der Hotelsuiten, die ihm zur gewohnten Lebensumgebung geworden sind. Verzweifelt klammert er sich an sein Selbstverständnis, ein erfolgreicher Mann einsamer, weitreichender Entscheidungen. Als ihm klar wird, dass er kaum mehr Macht hat über sein eigenes Leben und nichts mehr vor sich hat als den Tod, versucht er zu fliehen. Doch die letzte Reise ans Meer gerät zum grotesken Abenteuer.

Böse und brillant … ein Autor der Sonderstufe.
Junge Welt

Starke Talentprobe!
Salzburger Nachrichten

… eines der erstaunlichsten Debüts des Jahres … Grotesk und komisch, von stilistischer Brillanz und mit einem unaufdringlichen philosophischen Unterfutter – das ist große Literatur.
Falter

… ein eigenwilliges, kleines Stück großer Literatur.
orf.at

… nicht bloß eine Talentprobe, sondern ein bemerkenswerter Roman, der mit präzisen Beobachtungen, hintergründigem Humor und eindringlicher Poesie überzeugt.
Wiener Zeitung

autor**in**residenz

Sebastian Schinnerl
In hellen Nächten
Roman

Sebastian Schinnerl bedient sich souverän aus dem literarischen Fundus und verstößt dabei elegant gegen Konventionen. [...] Die Schablone wird kunstvoll erweitert, unterlaufen, präzisiert, ähnlich wie eine altbekannte Bibelszene durch die Hand eines Meisters zu etwas Eigenem, Besonderem wird.

Die Presse, Bettina Balàka

Kritische Heimatkunde trifft auf Exotismus, zeitgenössische Wirklichkeit auf Vergangenheits-Gespenster, Mythos auf einen porösen erzählerischen Realismus. Souverän knüpft Schinnerl an die literarischen Avantgarden des frühen 20. Jahrhunderts an ...

NZZ, Judith Leister

... eine bitterböse Groteske von stilistischer Brillanz.

Ö1

... seit Gert Jonkes »Geometrischem Heimatroman« hat es wohl keinen so konsequenten Versuch mehr gegeben, literarische Neuerungen der Moderne für die literarische Erfassung dörflicher Umtriebe fruchtbar zu machen.

Der Standard, Ewald Schreiber

Skurril, bösartig, raffiniert.

Kleine Zeitung, Werner Krause